ENTRE AMIS

Nancy Wilcox Richards

Illustrations de
Tom Goldsmith

Texte français d'Isabelle Montagnier

Éditions
SCHOLASTIC

Catalogage avant publication de Bibliothèque et Archives Canada

Richards, Nancy Wilcox, 1958-
[We're all friends here. Français]
Entre amis / Nancy Wilcox Richards ; illustrations de Tom Goldsmith ;
texte français de Isabelle Montagnier.

Traduction de : We're all friends here.
ISBN 978-1-4431-2833-9 (couverture souple)

I. Goldsmith, Tom, illustrateur II. Montagnier, Isabelle, traducteur
III. Titre. IV. Titre : We're all friends here. Français.

PS8585.I184W4714 2014   jC813'.54   C2014-902064-3

Édition publiée par les Éditions Scholastic, 604, rue King Ouest, Toronto (Ontario) M5V 1E1 Canada.

5 4 3 2 1   Imprimé en Malaisie 108   14 15 16 17 18

Les illustrations de ce livre sont faites au pinceau avec de l'encre et de l'aquarelle, selon la technique du lavis.

*Pour les filles de Catidian Place, de merveilleuses amies
qui sont toujours là pour moi. Namaste!*
— N.W.R.

À Gord, Emily et Linda. Pour tout.
— T.G.

Arthur Lévis m'embêtait à la garderie. Il m'agaçait en maternelle et maintenant, je me retrouve coincé avec lui en première année.

Notre enseignante, Mme Rossignol, dit :
— Arthur et Sébastien, asseyez-vous ici.
Alors Arthur se retrouve assis à côté de moi.
Ses affaires sont éparpillées partout. Il perd
toujours ses crayons. Et il fait bouger son pupitre.

Tellement que je suis obligé d'écrire sur mes genoux. Mais Mme Rossignol trouve que ma calligraphie n'est pas soignée et elle sait que je peux faire mieux. Alors je dois tout recommencer à cause d'Arthur!

Quand Mme Rossignol aide Arthur, je le vois grimacer et tirer la langue dans ma direction. Alors je lui tire la langue moi aussi. Mme Rossignol me voit, mais elle ne voit pas Arthur.

— Sébastien, mets-toi au travail! ordonne-t-elle.

— Ce n'est pas juste. C'est lui qui a commencé, dis-je.

Mais elle ne m'écoute pas. Pourquoi Arthur a-t-il toujours toute son attention?

C'est enfin l'heure de la collation. Je sais que j'ai un des fabuleux carrés au chocolat de maman. J'ouvre ma boîte à lunch pour le manger, mais il a disparu!

Je regarde Arthur : il est tout barbouillé de chocolat et se lèche les babines.

Je le dis à Mme Rossignol et elle me répond :

— Sébastien, ici nous sommes entre amis. Si Arthur a mangé ton carré au chocolat, je suis sûre que c'était par accident.

Alors elle demande à Arthur de partager ses biscuits avec moi. Mais ils sont aux raisins secs et je n'aime pas les raisins secs.

Plus tard, pendant le cours d'éducation physique, je dois faire la course avec Arthur. Je vais gagner, c'est sûr.

M. Fernandez crie :

— À vos marques! Prêts? Partez!

Je fais un pas en avant et
paf! je tombe. Je vois alors le
chandail d'Arthur tout entortillé
autour de mes pieds. Je m'écrie :
— Hé! Ce n'est pas juste!
Mais Arthur a déjà parcouru la moitié
du gymnase. Ça lui est bien égal que
mon genou saigne...

Devinez qui est assis à côté de moi dans l'autobus. C'est Arthur. Il choisit toujours ce siège. Il fait des bruits impolis, siffle et chante. Mais la plupart du temps, il raconte des histoires dégoûtantes à n'en plus finir.

J'ai dit plusieurs fois à la conductrice, Suzanne, que je voulais changer de place.
Mais elle répond toujours qu'Arthur et moi, nous sommes faits pour nous entendre.

À la garderie, l'éducatrice trouvait Sébastien Maréchal parfait. À la maternelle, l'enseignante l'appelait son petit rayon de soleil. Sébastien n'a jamais, jamais de problèmes à l'école.

Sébastien est assis à côté de moi. Ses crayons sont rangés soigneusement. Il n'utilise presque jamais sa gomme à effacer. Même quand il ne regarde pas sa page, il écrit bien droit.

Aujourd'hui, j'ai effacé tellement fort que j'ai fait des trous dans mon papier et ça a fait bouger le pupitre. Sébastien s'est fâché parce qu'il a dû recommencer son exercice de calligraphie à cause de moi.

Mme Rossignol est venue m'aider à faire mon travail. Comme je me concentrais, je tirais la langue, mais Sébastien a dû penser que je me moquais de lui!

Alors, il m'a tiré la langue à son tour. Mme Rossignol l'a vu et l'a disputé. Maintenant il est encore plus fâché contre moi.

J'ai fait trois trous avec ma gomme à effacer
et il y a des marques noires partout sur ma page.

— Tu pourras finir ton travail à la maison
ce soir, Arthur, dit Mme Rossignol.

Bravo! J'ai gagné des devoirs supplémentaires!

C'est enfin l'heure de la récréation et j'ai un carré au chocolat! Miam! Je l'avale tout rond.

Voilà que tout d'un coup, Sébastien crie que j'ai mangé SON carré au chocolat. Oups! Nous avons tous les deux des boîtes à lunch rouges; j'ai dû me tromper de boîte.

Mme Rossignol m'oblige alors à donner mon biscuit à l'avoine et aux raisins secs à Sébastien. Il dit que les biscuits aux raisins secs ne sont pas bons, mais moi, je les adore.

Depuis le début de la journée, j'attends avec impatience le cours d'éducation physique. J'enlève mon chandail et je me place à côté de Sébastien. Il aime courir presque autant que moi. Il est rapide, mais je cours encore plus vite que lui.

M. Fernandez crie « À vos marques! Prêts? Partez! », et je file comme l'éclair. Sébastien est loin derrière moi.

Quand je me retourne pour lui faire signe de la main, je le vois assis par terre.

Je remarque que mon chandail est à ses pieds. Son genou saigne et il est fâché.

Aujourd'hui, mon père vient me chercher à l'école pour m'emmener chez le dentiste. Je lui dis que je préférerais prendre l'autobus, mais il me répond que ce n'est pas possible, car on serait en retard.

Dans la voiture, je reste tranquille. Je n'ai même pas envie de chanter. Et mon père n'est pas très intéressé quand je lui raconte que le genou de Sébastien saignait beaucoup. Le trajet en auto prend une éternité.

Arthur n'a pas pris l'autobus pour rentrer aujourd'hui. Il devait aller chez le dentiste. Avant de partir, il s'est excusé de m'avoir fait tomber avec son chandail.

Maintenant, j'ai le siège à moi tout seul. Je peux lire ma BD et personne ne m'embête.

Mais... ce n'est pas amusant. Et c'est beaucoup trop calme. Le trajet en autobus prend une éternité.

Quand je dis à Suzanne que je m'ennuie tout seul, elle me répond d'y repenser demain, quand Arthur sera là.

En revenant de chez le dentiste, je dis à mon père que j'ai hâte de retourner à l'école. Demain, je vais raconter à Sébastien comment le dentiste m'a arraché une dent. Je lui parlerai du sang. Je lui montrerai même comment je peux siffler sans ma dent.

Sébastien va adorer ça. J'en suis certain.